PRESERVING
Peace
IN OUR FAMILY

(Préserver La Paix dans Notre Famille)

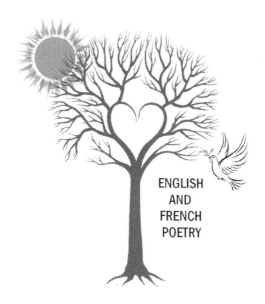

ENGLISH
AND
FRENCH
POETRY

Adrienne Mushiya Kalamba

Preserving Peace In Our Family
Written and translated by
Adrienne Mushiya Kalamba

Published by:
Adrienne Mushiya Kalamba

ISBN: 978-1-7331117-2-0 (paperback)
Also available for Kindle

Cover illustration: Daliborka Mijailovic
Layout and pre-press: Lighthouse24

For more information about
Adrienne Mushiya Kalamba's work and books
please visit: http://bit.ly/amkenglishversion

Dedication
I dedicate this book to my husband, Franck,
and
to our children,
Moses-Ginola and Noah Elie.

Dédicace
Je dédie ce livre à mon mari, Franck
et
à nos enfants,
Moses-Ginola et Noah Elie.

Contents
Matières

Foreword

(English version)

It might be easier to preface a law book (my field of research) than a collection of poems since I am not a poet. I dare to do it, not only because I have known Adrienne Mushiya since her early childhood, but also because I was the first to read the rhymes she first drafted when she was still a student, this budding poet. She testifies about what she has seen, heard, and lived, and turns it into a mission: Adrienne Mushiya has seen, heard and lived with her father, her mother, her brothers, her sister, her grandfather and grandmother, not to mention her uncles and aunts. This is her family.

Beyond this family, there is an extended one: the human family, the Christian family. She is a woman of faith. And she lives it without false shame and without wavering. She has seen love at work in everyday life and short conversations, in spoken discourse and unspoken thought: she has grasped the quintessential crystallization of the values that constitute a guide, a compass, an orientation of life.

The author does not limit herself to the accumulation of family life values; she is a witness to it. Yes, also, she does shout it out to whomever wants to hear it! This is strong, very strong: it is stronger than herself. By doing so, the testimony of family values becomes her mission. Therefore, she invites all those who believe in them to own these essential qualities.

Adrienne Mushiya introduces us in a special and deeper world in which certain elements interact in delicate harmony:

- Gratitude to God and parents: loving your father and mother. Adrienne celebrates familial love in a euphonic hymn.
- Preserving family solidarity and the communion that unites the living and the dead (see "Precious Grandparents").
- From ecstasy to revealing family life (see "Childhood's Joys").
- Life: Communion that does not hold back about the joy of brothers (see "A Big Brother and A Little Brother"), pain and tears (see "Dear Sister"), or the desire for a happy marriage (see "Angel of My Destiny").

Adrienne is all about synthesis. It is her lifelong mindset. That is reflected in the concluding section, "Recommend-ations to family members" which are simply love paths. And who could feel excluded from such paths?

Monsignor Gilbert Kalumbu
Professor at Université Notre-Dame du Kasayi
Kananga, D. R. Congo

Avant-propos

(French translation)

Il est peut-être plus facile de préfacer un ouvrage de droit, mon domaine de recherche, que celui d'un recueil de poèmes, sans être poète soi-même. Si j'ose le faire, c'est non seulement parce que je connais Adrienne Mushiya depuis sa tendre enfance, mais aussi parce qu'elle m'avait donné la primeur de lire des vers de ses premiers essais, alors qu'elle était encore élève, cette poétesse en herbe. Ce qu'elle a vu, ce qu'elle a entendu, ce qu'elle a vécu, elle en rend témoignage et en fait une mission : Adrienne Mushiya a vu, a entendu, a vécu avec son père et sa mère, ses frères et sa soeur, son grand-père et sa grand-mère, sans oublier ses oncles et ses tantes. C'est sa famille.

Au-delà de cette famille, il y a la famille élargie: la famille humaine, la famille chrétienne. C'est une femme de foi. Et elle la vit sans fausse honte et sans détour. Elle a vu l'amour à l'oeuvre, dans le quotidien et les menus échanges, dans le discursif et l'impensé du dit et du non-dit : elle en a aperçu la quintessentielle cristallisation des valeurs qui constituent un guide, une boussole, une orientation de vie.

L'auteure ne se limite pas à l'engrangement des valeurs de la vie familiale, elle en est le témoin. Oui, aussi le crie-t-elle à qui veut l'entendre ! C'est fort. Très fort même : c'est plus fort qu'elle-même. Le faisant ainsi, le témoignage des valeurs familiales devient sa mission.

3

Elle invite alors tous ceux et toutes celles qui y croient de s'en approprier les impératifs.

Adrienne Mushiya nous introduit dans un monde spécial des profondeurs où baigne dans une harmonie parfois épineuse :
- *De la reconnaissance-gratitude à Dieu et aux géniteurs: aimer son père et sa mère. Adrienne célèbre l'amour familial en un cantique euphonique.*
- *De la garde de la lignée solidaire : les solidarités familiales de communion qui unissent les vivants et les morts (cf. « Précieux grands-parents »).*
- *De l'extase au dévoilement de la vie en famille (cf. « Joies de l'enfance »).*
- *De la vie: Communion que n'épargnent ni la joie des frères (cf. « Un grand frère et un petit frère ») ni la douleur ni les pleurs (cf. « Chère soeur »), ni les voeux d'un mariage heureux (cfr. « Ange de ma destinée »).*

Adrienne est toute synthèse. C'est son esprit de toujours. Cela transparaît dans la partie conclusive, « Recommandations aux membres de famille » qui ne sont rien d'autre que les chemins de l'amour. Et, qui pourrait se sentir en dehors de ces chemins ?

Monseigneur Gilbert Kalumbu
Professeur à l'université Notre-Dame du Kasayi
Kananga, R.D. Congo

Introduction

(English version)

I have written this book because there is a time for everything: a time to keep silence and a time to speak (Ecclesiastes 3:7). The time has come for me to break the ice by telling some of my family story through poetry: to not only uplift hearts, show gratitude to family members, but also to educate and, inspire all other families in the world. In my opinion, if every family member in the world applied this model, we would more likely be able to preserve peace inside and around us.

Personally, I have enjoyed time with my parents, siblings, and grandparents from my infancy. As a matter of fact, each of my family member has contributed to shaping the woman I have become. Therefore, I will not wait until they breathe their last to show them how much I am grateful to them and, how much I appreciate them. I do it today: while they are still conscious, while they are still alive. And I will do it again and again.

Also, I have found that family ties grow stronger over the years, because what unites us (e.g., family love) is stronger than what divides us (e.g., family conflicts). Indeed, there is more to admire than to despise in our families; more to emphasize and reveal than to overlook or hide.

These poems particularly reflect not only a glimpse of some peak family moments, but they also capture memorable events that have taken place since my childhood.

On one hand, these poems highlight a positive outlook about special people with whom I have shared experiences worth cherishing and celebrating, especially in today's world where the emphasis is often put on family drama. On the other hand, these poems are simply an expression of love to my biological family members.

This is the true story of an African family, more specifically, a modern Congolese family to which I belong.

Additional notes:

1. Given that this book could be used for learning either French or English, each English section of this book is followed by its corresponding French translation.

2. A portion of the proceeds of this book will be shared between several charities focusing on improving the quality of education in the Democratic Republic of Congo, my country of origin.

Introduction

(French translation)

J'ai écrit ce livre parce qu'il y a un temps pour tout: Un temps pour garder silence et un temps pour parler (Ecclésiaste 3:7). Quant à moi, l'heure a sonné de briser la glace et de raconter une partie de mon histoire familiale à travers la poésie, pour non seulement élever les coeurs, témoigner de la gratitude aux membres de famille, mais aussi pour éduquer et inspirer toutes les autres familles du monde. À mon avis, si chaque membre de famille du monde appliquait cet exemple, nous serions plus susceptibles de préserver la paix en nous et autour de nous.

Personnellement, j'ai passé du bon temps avec mes parents, mes frères et mes grands-parents dès le berceau. En effet, chacun des membres de ma famille a contribué à façonner la femme que je suis devenue. Ainsi, je n'attendrai pas leurs derniers souffles pour leur montrer combien je leur en suis reconnaissante, et, combien je les apprécie. Je le fais aujourd'hui : quand ils sont conscients, quand ils sont vivants. Et, je le ferai, encore et encore.

J'ai également réalisé que les liens familiaux se renforcent avec le temps, car ce qui nous unit (par exemple, l'amour familial) est plus fort que ce qui nous divise (par exemple, les conflits familiaux). En effet, dans nos familles, il y a vraiment plus à admirer qu'à mépriser ; plus à souligner et à révéler qu'à négliger ou à cacher.

Ainsi, d'une manière particulière, ces poèmes reflètent non seulement un aperçu de quelques moments forts passés en famille, mais aussi, ils captent des évènements mémorables survenus depuis mon enfance. D'une part, ces poèmes portent un regard positif sur des personnes spéciales avec qui j'ai partagé des expériences qui valent la peine d'être chéries et célébrées, surtout dans le monde d'aujourd'hui où l'accent est souvent mis sur les drames familiaux. D'autre part, ces poèmes sont, tout simplement, l'expression de mon amour aux membres de ma famille biologique.

Voici l'histoire d'une famille africaine. Plus précisément, une famille congolaise moderne à laquelle j'appartiens.

Notes supplémentaires :

1. *Étant donné que ce livre pourrait être utilisé pour apprendre l'anglais ou le français, chaque section anglaise de ce livre est suivie de sa traduction française.*

2. *Une portion de ce que produira ce livre sera partagée entre plusieurs organisations caritatives oeuvrant pour l'amélioration de la qualité de l'enseignement en République Démocratique du Congo, mon pays d'origine.*

O King of Kings!

(English version)

Inspired by the "Our Father" prayer, my very first
poem is a prayer to God, our creator. Let us pray.

O King of Kings!
How precious is your name!
May it always be glorified,
around the world.

O King of Kings!
You, who are "Holy, Holy, Holy!"
You gave us bread,
and, we are blessed!

O King of Kings!
Eternal is your love.
O merciful Father,
fill us with your peace, every day.

O King of Kings!
How can we become like you,
And live forever,
we who are sinners?

O King of Kings!
For all the good things
you do for families,
we thank you wholeheartedly,
in the name of Jesus! Amen!

Ô Roi des Rois !

(French translation)

Inspirée par la prière, « Notre Père, » mon tout premier poème est une prière à Dieu, notre créateur. Prions.

Ô Roi des Rois !
Que votre nom est si précieux !
Qu'il soit toujours glorifié
Dans le monde entier.

Ô Roi des Rois !
Vous qui êtes « saint, saint, saint ! »
Vous nous avez donné du pain,
Et, nous sommes heureux.

Ô Roi des Rois !
Éternel est votre amour.
Ô Père miséricordieux,
Comblez-nous de votre paix, tous les jours.

Ô Roi des Rois !
Comment être comme vous
Et exister à tout jamais,
Nous qui sommes pécheurs ?

Ô Roi des Rois !
Pour toutes les bonnes choses
Que vous faites pour les familles,
Nous vous remercions de tout coeur,
Au nom de Jésus ! Amen !

Precious Grandparents

(English version)

I had the privilege of knowing my grandparents. Unfortunately, my paternal grandmother died six months after my paternal grandfather. These two successive losses motivated me to write this poem entitled "Precious Grandparents."

O grandmother!

You, the mother of our fathers,
you, who counseled our mothers,
you, who suffered so much
to feed our fathers;
your life was prosperous.

O grandmother!
Now, you go back to dust
close to Omer,
the father of our fathers.

He who saw the footsteps of our ancestors,
he who first, knew this mystery.
He who fought to instill in our fathers:
an iron discipline,
and a strict upbringing.

(continues...)

Précieux grands-parents

(French translation)

J'ai eu le privilège de connaître mes grands-parents. Malheureusement, ma grand-mère paternelle est décédée six mois après la mort de mon grand-père paternel. Ces deux pertes successives m'ont poussé à écrire ce poème qui s'intitule « Précieux grands-parents. »

Ô grand-mère !

Toi, la mère de nos pères,
Toi, la conseillère de nos mères,
Toi, qui as tant souffert
Pour nourrir nos pères ;
Ta vie a été prospère.

Ô grand-mère !
À présent, tu retournes à la poussière,
Aux côtés d'Omer,
Le père de nos pères.

Lui, qui a vu les traces de nos ancêtres,
Lui, qui a connu le premier, ce mystère.
Lui, qui a lutté pour inculquer à nos pères :
Une discipline de fer,
Une éducation sévère.

(continue...)

Precious Grandparents

O grandmother! O grandfather!
Despite your transfer
to a foreign land,
be our light!

Intercede to the Father
for all these dear souls
you left on this earth.

People of prayer,
exceptional blue-collar workers,
extraordinary field laborers,
very precious people;
I am very proud of you!

Précieux grands-parents

(French translation continued)

Ô grand-mère ! Ô grand-père !
Malgré votre transfert
Vers une terre étrangère,
Soyez notre lumière.

Intercédez auprès du Père
Pour toutes ces âmes chères
Que vous avez laissées sur cette terre.

Êtres de prière,
Travailleurs manuels hors-pair,
Laboureurs extraordinaires,
Êtres très chers ;
De vous, je suis très fière !

Childhood's Joys

(English version)

This poem is a nostalgic description
of childhood's joys.

I have known a life,
A true life:
with the chance to be carefree,
studded with kindness,
sprinkled with innocence,
intermingled with trust.

O! Childhood life!
Nothing more beautiful than such a life:
where the world seemed all rose,
where things looked grandiose.

Life of tenderness,
time of liveliness.
Where all was new,
where all was beautiful.

Where jealousy was ugly,
where friendship was sovereign.
Where pain did not last,
and wounds healed very fast.

(continues...)

Joies de l'enfance

(French translation)

*Ce poème est une description nostalgique
des joies de l'enfance.*

J'ai connu une vie,
Une vraie vie :
Elle était mêlée d'insouciance,
Garnie de bienveillance,
Parsemée d'innocence,
Entremêlée de confiance.

Ô ! La vie d'enfance !
Rien de plus beau qu'une telle vie :
Où le monde semblait rose,
Où les choses paraissaient grandioses.

Vie de tendresse,
Temps d'allégresse.
Où tout était nouveau,
Où tout était beau.

Où la jalousie était vilaine,
Où l'amitié était souveraine.
Où la peine était éphémère
Et les plaies guérissaient vite.

(continue...)

Childhood's Joys

(English version continued)

Where hatred was foreign,
where arrogance was unknown,
where vengeance was pointless.

During this life,
I have not learned to hate
nor even to criticize or lie.
I have rather learned to love,
with a pure and clear love,
my own little world.

I have learned to observe,
and listen,
without snapping back.

I have overcome idleness
with fun games, full of creativity.
With an ever-renewed pleasure,
I have dreamed up long tips and tricks,
that did not make sense
but they made me happy.

(continues...)

Joies de l'enfance

Où la haine était étrangère.
Où l'arrogance était inconnue,
Où la vengeance était sans issue.

Au cours de cette vie,
Je n'ai pas appris à haïr,
Ni même à médire ou mentir.
J'ai plutôt appris à aimer,
D'un amour pur et clair,
Mon petit univers.

J'ai appris à observer,
Et à écouter,
Sans rétorquer.

J'ai vaincu l'oisiveté,
Par des jeux amusants et pleins de créativité.
Avec un plaisir toujours aussi renouvelé,
J'ai imaginé quelques astuces à long processus,
Qui n'avaient peut-être ni tête ni queue
Mais, qui me rendaient heureuse.

(continue...)

Childhood's Joys

(English version continued)

I look again at my little heart,
back then.
That was a heart of joy,
of whose facets had
an impressive freshness:
without the slightest fissure
not even a scratch.

Thus, it sparkled with splendor.
Intoxicated with happiness,
displayed the truth,
and smelled like purity.

Yes, I have lived a real life,
a life worth living.
I have known a paradise,
that I may not experience anymore.

Joies de l'enfance

Je revois encore mon petit coeur,
En ce temps-là.
C'était un coeur en joie
Dont les facettes avaient
une impressionnante fraîcheur:
Sans la moindre fissure
Ni même une petite écorchure.

Ainsi, il rayonnait de splendeur,
S'enivrait de bonheur,
Affichait la vérité,
Et sentait la pureté.

Oui, j'ai vécu une vraie vie,
Une vie qui méritait d'être vécue.
J'ai connu un paradis
Que je ne connaîtrai peut-être plus.

The Meaning of My Name

(English version)

Do you know the meaning of your name?
While you are thinking about it, let me explain mine.

My parents often made this statement:
"You have a wonderful name!"
Dissatisfied, I looked for its meaning.
Fortunately, I found its essence,
and its secret.

It is not simply a verb
but the keyword of a Luba proverb:
"Panu mpa mushiya wa mushiya."

The name MUSHIYA
here means that one day,
we will pass away,
leaving everything behind us:
Properties, cars, money, and companies.

To sum it up, that is,
the meaning of my name.

La signification de mon nom

(French translation)

Connaissez-vous la signification de votre nom ? Pendant que vous y pensez, laissez-moi vous expliquer la mienne.

Mes parents faisaient souvent cette déclaration :
« Tu as un merveilleux nom ! »
Insatisfaite, j'ai cherché à en savoir le sens.
Heureusement, j'en ai découvert l'essence
et le secret.

Ce n'est pas seulement un verbe
Mais, le mot-clé d'un proverbe Luba :
« Panu mpa mushiya wa mushiya. »

Le nom MUSHIYA
Veut ici dire qu'un jour,
Nous partirons pour toujours,
Laissant tout derrière nous :
Propriétés, voitures, argent et sociétés.

Voilà, en résumé,
La signification de mon nom.

Beloved Mom

(English version)

This is a timeless birthday gift for the woman
who carried me for nine months in her womb.

On this day of your birth,
let me again show you
my gratitude.

Thank you, for your precious words of advice.
They do cross my mind, even during my sleep.
Thank you, for the carefully prepared food,
orderliness, cleanliness, and discipline.

Thank you, for introducing me to the Alpha
and the Omega (God).
Now, it is He who leads my steps.

There is nobody else like you.
Yes, I do believe, it is true.
Your presence, you know,
It is irreplaceable.
Your love for us, unmatched,
And unforgettable.

(continues...)

Maman bien-aimée

(French translation)

*Ce poème est un cadeau intemporel pour la femme qui
m'a portée dans son sein durant neuf mois.*

En ce jour de ta naissance,
Laisse-moi encore te témoigner
ma reconnaissance.

Merci pour tes précieux conseils.
Ils me reviennent même en plein sommeil.
Merci pour la bonne cuisine,
l'ordre, la propreté et la discipline.

Merci de m'avoir fait connaître l'Alpha
et l'Oméga (Dieu).
À présent, c'est Lui qui conduit mes pas.

Il n'y a pas deux comme toi
Oui, vraiment, je le crois.
Ta présence, tu le sais,
elle est irremplaçable.
Ton amour pour nous, sans pareil
et inoubliable.

(continue...)

Beloved Mom

Thank you, Lord, for this wonderful mother,
filled with priceless values:
Both wise and courageous,
affectionate and generous.

Beloved Mom,
today, I am proud to tell you,
thousands of "I love you's"
along with this prayer,
crowning your forty-sixth birthday:
May God bless the mother of Virginie,
Tony, Joël and Adrienne,
Amen!

Maman bien-aimée

(French translation continued)

Merci, Seigneur, pour cette mère merveilleuse,
Remplie de valeurs inestimables :
À la fois sage et courageuse,
Affectueuse et généreuse.

Maman bien-aimée,
Aujourd'hui, je suis fière de te dire,
Des milliers de « Je t'aime »
Accompagnés de cette prière,
Couronnant ton quarante-sixième anniversaire :
Que Dieu daigne bénir, la mère de Virginie,
Tony, Joël et Adrienne,
Amen!

Thank You, Dad!

(English version)

"Thank you, Dad!" is a tribute to my
biological father and mentor.

In a special way,
I wanted to immortalize
Your fifty-seventh birthday.
As they say, "To every lord, every honor."
Let me throw flowers at you, today.
You are not perfect, that, I know.
But, let me highlight
the best traits of your internal portrait,
digital fingerprints of a good role model.

Thank you, God, for this exceptional father,
who lives his life and lives it fully.
Always in motion,
he never goes around in circles.
Respectful and serious,
you have taught us to do a lot
with very little.

(continues...)

Papa, Merci !

(French translation)

« **Papa, Merci !** » est un hommage à mon
père biologique et mentor.

D'une manière particulière,
J'ai voulu immortaliser
Ton cinquante-septième anniversaire.
Comme on dit : « À tout seigneur, tout honneur. »
Laisse-moi aujourd'hui, te jeter des fleurs.
Tu n'es pas parfait, je le sais,
Mais, laisse-moi mettre en évidence
Les meilleurs traits de ton portrait intérieur,
Empreintes digitales d'une bonne référence.

Merci Seigneur, pour ce père d'exception,
Qui vit sa vie et la vit à fond.
Toujours en action,
Il ne tourne jamais en rond.
Respectueux et sérieux,
Tu nous as appris à faire beaucoup
avec très peu.

(continue...)

Thank You, Dad!

Thank you for your constant presence,
from my birth up to my adolescence.
Thank you, God,
for this approachable and sensitive father.
Positive and creative,
he has always been available.

Wonderful years of quality spent by your side,
Reveal your distinguished personality
whose many values
keep inspiring me:
Discretion, honesty, loyalty, and generosity.
Not to mention your major principles
which are now driving forces for me:
Keeping my word,
the sense of priorities,
the willingness to work hard,
the pleasure of exercising,
and good health management.

Yes, Dad, you are really contemporary!
The practice of yoga and massage,
makes you a man who keeps up with the times.

(continues...)

Papa, Merci !

(French translation continued)

Merci pour ta constante présence,
Dès ma naissance jusqu'à mon adolescence.
Merci Seigneur,
pour ce père accessible et sensible.
Positif et créatif,
il a toujours été disponible.

Les années de qualité passées à tes côtés,
Révèlent ta personnalité distinguée
Dont les nombreuses valeurs
ne cessent de m'inspirer :
Discrétion, honnêteté, fidélité et générosité.
Sans oublier tes principes majeurs
Qui sont maintenant pour moi des moteurs :
Le respect de la parole donnée,
Le sens des priorités,
La volonté de travailler fort,
Le plaisir de faire du sport,
Et, la bonne gestion de la santé.

Oui Papa, tu es vraiment à la page !
La pratique du yoga et du massage,
Font de toi un homme de tous les âges.

(continue...)

Thank You, Dad!

Moreover, your taste for art,
reading, and greenery
make you a nature lover
with a wide knowledge.

No, this is not sheer flattery,
but a tender nostalgia
of moments spent in your company.

Above all, thank you for supporting
my debut in poetry.
You see, it is still bearing fruit!

Beloved Dad, to conclude this speech,
I want to tell you, straightforwardly,
what my heart has pondered
for a long time:
On behalf of Joël, Tony and Virginie,
I proudly say: "Dad, I love you."

And, for all the sacrifices made
to make me who I am today,
"Dad, thank you so much!"

Papa, Merci !

(French translation continued)

Plus encore, ton goût de l'art,
de la lecture et de la verdure
Font de toi, un homme-nature
d'une vaste culture.

Non, ceci n'est pas de la flatterie,
Mais, une tendre nostalgie,
Des moments passés en ta compagnie.

Merci surtout d'avoir soutenu
mes débuts dans la poésie.
Tu vois, ça continue à porter du fruit !

Papa bien-aimé, pour clôturer ce discours,
Je veux te dire sans détour,
Ce que mon coeur rumine
depuis de longs jours :
Au nom de Joël, Tony et Virginie
Je te dis avec fierté : « Papa, je t'aime. »

Et pour tous les sacrifices consentis,
Pour faire de moi ce que je suis,
« Papa, merci beaucoup ! »

Dear Sister

(English version)

I only have one sister. Her name is Virginie. She is the eldest. Absence makes the heart grow fonder; so, I wrote this poem while she was hospitalized for a surgery.

Dear Sister,

I would love to be the researcher
who finds the cause of your pain.

I would love to be the doctor
who gives you a happiness cure.

I would love to be the robber
who shakes you up
and snatches you from your torpor.

I would love to be the bouquet of flowers
that brings a little joy to your heart.

I would love to be the energizer
that restores your vigor.

(continues...)

Chère Soeur

(French translation)

J'ai seulement une soeur. Elle s'appelle Virginie. C'est l'aînée. Loin des yeux, près du coeur ; j'ai donc écrit ce poème pendant qu'elle était hospitalisée pour une intervention chirurgicale.

Chère Soeur,

J'aimerais être ce chercheur
Qui trouve la cause de ta douleur.

J'aimerais être ce docteur
Qui t'injecte la piqûre du bonheur.

J'aimerais être ce voleur
Qui te secoue
Et s'empare de ta torpeur.

J'aimerais être ce bouquet de fleurs
Qui t'apporte un peu de joie dans ton coeur.

J'aimerais être cet activateur
Qui te redonne toute ta vigueur.

(continue...)

Dear Sister

Oh! dear sister!
I love you with all my heart.
Even as we are far apart,
I would love to do my part.
But, in the face of such pain,
all attempts
to stop your tears
would be...Vain.
Thus, I trust in the Lord,
he who is the only Savior,
he who is the real Doctor,
and, it is Him again who will heal you.

Chère Soeur

(French translation continued)

Oh ! Chère soeur !
Je t'aime de tout mon coeur.
Bien que séparées,
J'aimerais faire ma part.
Mais, face à une telle douleur,
Toute tentative
d'arrêter tes pleurs
serait...Vaine.
Ainsi, je me confie au Seigneur,
Lui qui est le seul Sauveur,
Lui qui est le véritable Docteur,
Et, c'est encore Lui qui te guérira.

A Big Brother and A Little Brother

(English version)

Meet my two brothers: Tony and Joël.

The firstborn was quite mature.
He was eighteen years old.
So in love with soccer,
he threw himself into it heart and soul
and often scored many goals.

He was rather calm.
With his mocking tone,
he seemed a bit odd,
to those who did not know him.
But, rather muscular or hefty,
sometimes a charmer but often a joker
for his two sisters.

(continues...)

Un grand frère et un petit frère

(French translation)

Je vous présente mes deux frères : Tony et Joël.

Le tout premier était assez grand,
Il avait dix-huit ans.
Tellement amoureux du football,
Il s'y donnait corps et âme
Et marquait souvent quelques goals.

Il était plutôt calme.
Avec son ton goguenard,
Il paraissait un peu bizarre
Pour certains étrangers.
Mais, plutôt musclé ou baraqué,
Parfois charmeur mais souvent farceur
Pour ses deux soeurs.

(continue...)

A Big Brother and A Little Brother
(English version continued)

The lastborn was a simple kid
who, with a bold stare,
could become a ferocious protector.
He was only three years old.
But, with his brilliant mind,
he seemed even older.

Sometimes annoying but often playful,
we could never get bored with this child.

Ah! this kind boy!
Now, he is my new companion.

Anyway,
I will always love them,
these two guys
who tease me, night and day.

Un grand frère et un petit frère

(French translation continued)

Le tout dernier était un simple moutard
Qui, par un vif regard,
Pouvait devenir un féroce rempart.
Il n'avait que trois ans.
Avec son esprit brillant,
Il paraissait encore plus grand.

Parfois embêtant, mais souvent amusant,
On ne pouvait s'ennuyer avec cet enfant.

Ah ! Ce gentil garçon !
À présent, c'est mon nouveau compagnon.

En tout cas,
Je les aimerai toujours,
Ces deux gars,
Qui me taquinent nuit et jour !

Angel of My Destiny

(English version)

As a young girl aspiring to marriage, one day, I caught myself unconsciously expressing my desires to the angel of my destiny.

Angel of my destiny,

My life belongs to you.

Open your heart's door to me.

Nothing else to desire but fidelity.

My life is in your hands:

Assure me happiness.

Rekindle every day,

Impatiently, the flame of our love.

Ange de Ma Destinée

(French translation)

Comme une jeune fille aspirant au mariage, un jour, je me suis retrouvée en train d'exprimer, inconsciemment, des souhaits à l'ange de ma destinée.

Ange de ma destinée,

Ma vie t'appartient.
Ouvre-moi les portes de ton coeur.
N'envie que la fidélité.

Ma vie est entre tes mains :
Assure mon bonheur.
Rallume chaque jour,
Impatiemment, la flamme de notre amour.

Recommendations to family members

(English version)

Mother Angelica[1] emphasized an important point: "Love is what the Lord asks of us. If we must love even our enemies, imagine how we are expected to love our family members."

So, inspired by these words full of wisdom, I have created some **recommendations for family members.**

(continues...)

---

[1] Mother Angelica (born Rita Antoinette Rizzo; 1923–2016) was an American Catholic Poor Clare nun. She is best known as the founder and host of the international broadcast cable television network, Eternal Word Television Network (EWTN).

Recommandations aux Membres de Famille
(French translation)

Mère Angelica[2] met en évidence un point important :
« L'amour est ce que le Seigneur nous recommande.
Si nous devons aimer même nos ennemis, imaginez à
quel point nous sommes appelés à aimer nos
membres de famille. »

Ainsi, inspirée par ces paroles pleines de sagesse, j'ai
créé quelques **recommandations aux membres de
famille.**

(continue...)

---

2 Mère Angelica (née Rita Antoinette Rizzo, 1923–2016), était une
religieuse américaine, catholique contemplative. Elle est surtout
connue pour avoir fondé et animé la chaîne de télévision Eternal
Word Television Network (EWTN).

Recommendations to family members

Forgive each other, and preserve peace.

Appreciate each other.

Mobilize energy and resources
to support each other.

Invest quality time
in instruction and interaction.

Let us all stand together in love,
like the Holy Family,
made of Jesus, Joseph, and Mary.

Year after year,
apply these recommendations
to reap, blessings.

Recommandations aux Membres de Famille

(French translation continued)

Faire la paix et la préserver.

Apprécier chacun.

*Mobiliser de l'énergie et des ressources
pour se soutenir mutuellement.*

*Investir du temps de qualité
dans l'instruction et l'interaction.*

*Levons-nous tous ensemble dans l'amour,
comme la sainte famille,
composée de Jésus, Joseph et Marie.*

*Et année après année,
appliquer ces recommandations
pour récolter, des bénédictions.*

Acknowledgements

(English version)

A big thank you to my father, Albert Muya Kalamba, for reviewing my French manuscript.

Another big thank you to my mother for support and encouragements.

In addition, my heartfelt gratitude goes out to Monsignor Gilbert Kalumbu for his encouragement to publish this book, and for taking the time to write the "Foreword" of this book.

Remerciements

(French translation)

Un grand merci à mon père, Albert Muya Kalamba qui a corrigé la version française du manuscrit de ce livre.

Un autre grand merci à ma mère pour le soutien et les encouragements.

Je voudrais également témoigner toute ma gratitude à Monseigneur Gilbert Kalumbu pour ses encouragements à publier ce livre et pour avoir pris le temps de rédiger l'avant-propos de ce livre.

About the Author

(English version)

Adrienne Mushiya Kalamba

Born and raised in Kinshasa, Democratic Republic of Congo, in the Centre part of Africa, Adrienne Mushiya Kalamba left her birth town in 2002 to pursue her post-secondary education in Canada. She now lives in Florida, United States with her family.

Apart from writing, Adrienne enjoys sharing her knowledge and unique experiences through teaching and coaching. She is passionate about languages, reading, interpersonal mediation and positive psychology. "Preserving Peace In Our Family" marks her debut as a bilingual author.

For her other services and forthcoming books, please visit the website below:

http://bit.ly/amkenglishversion

À propos de l'auteure

(French translation)

Adrienne Mushiya Kalamba

Née et élevée à Kinshasa en République Démocratique du Congo, au centre de l'Afrique, Adrienne Mushiya Kalamba quitte sa ville natale en 2002 pour poursuivre ses études postsecondaires au Canada. Elle vit maintenant en Floride, aux États-Unis avec sa famille.

À part écrire, Adrienne prend plaisir à partager ses connaissances et expériences uniques à travers l'enseignement et le coaching. Elle est passionnée par les langues, la lecture, la médiation interpersonnelle et la psychologie positive. « Préserver la paix dans notre famille » marque ses débuts en tant qu'auteure bilingue.

Pour ses autres services et ses prochains livres, veuillez visiter le site ci-dessous:

http://bit.ly/amkenglishversion.

Adrienne Mushiya Kalamba